MARC-ANTOINE MATHIEU

Julius Corentin Acquefacques, Gefangener der Träume

DER WIRBEL

REPRODUKT

Marc-Antoine Mathieu bei Reprodukt

Die Mutation
Tote Erinnerung
Die Zeichnung

Julius Corentin Acquefacques, Gefangener der Träume

Der Ursprung
Die vier F...
Der Wirbel
Die 2,333. Dimension

Aus dem Französischen von Harald Sachse
Lettering: Monika Weimer
Dank an Heike Drescher

Bülowstr. 52 / Aufgang 5
10783 Berlin

Originally published in France by Guy Delcourt Productions.
54, rue d'Hauteville, 75010 Paris
Published by arrangement with Guy Delcourt Productions.
Herausgeber: Dirk Rehm
ISBN 978-3-938511-44-2
Herstellung: Hendrik Berends und Minou Zaribaf
Druck: Off-Print, Krakau, Polen

Erste Auflage: Juli 2008

www.reprodukt.com

0
PROLOG

DER RICHTIGE LAUF DER WELT HÄNGT OFT VON KLEINIGKEITEN AB. GLEICHES GILT FÜR DEN RICHTIGEN LAUF DER ZEIT.

NEHMEN SIE EINE UHR ...

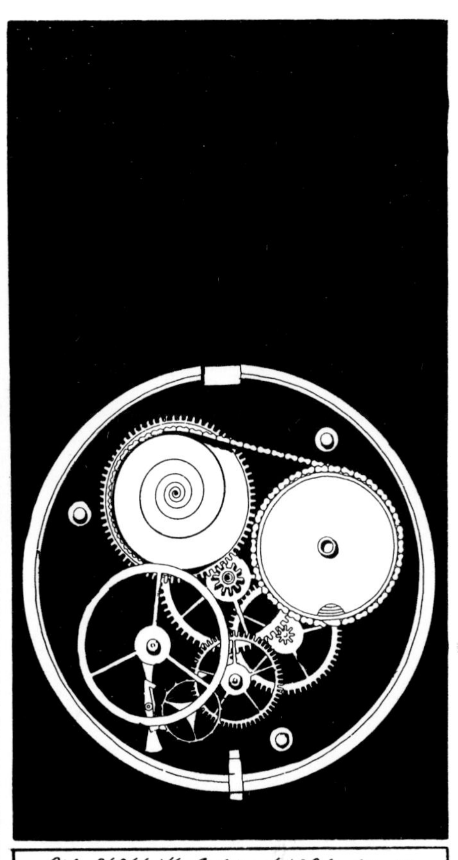

DAS PERFEKTE ZUSAMMENSPIEL ALL IHRER RÄDCHEN, ZAHNRÄDCHEN UND ANTRIEBSRÄDCHEN, IHRER ACHSEN, STIFTE UND ZÄPFCHEN ERZEUGT EINE EXAKTE UND VERLÄSSLICHE BEWEGUNG ...

DOCH SCHON BEI DER KLEINSTEN STÖRUNG ODER DER GERINGFÜGIGSTEN ABWEICHUNG IST ES MIT DIESER PRÄZISION VORBEI ... UND GENAU DAS PASSIERTE EINES NACHTS IN DER UHR VON J.C. ACQUEFACQUES.

DIE SPIRALFEDER HATTE SICH UM EINE WINZIGE NUANCE VERZOGEN ... DIES FÜHRTE ZU EINER MINIMALEN ABWEICHUNG DER PHASEN EBENDIESER FEDER, WAS WIEDERUM ZUR FOLGE HATTE, DASS SICH GANZ LANGSAM AUCH DIE PENDELBEWEGUNG VERÄNDERTE ... DIE UHR BEGANN VORZUGEHEN.

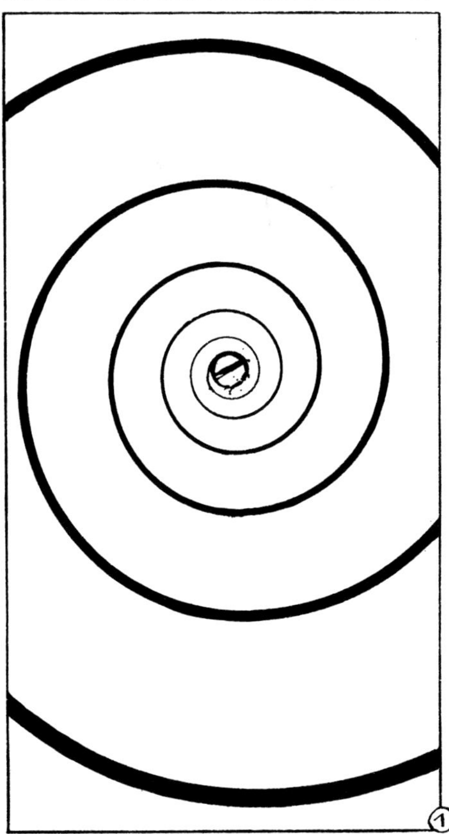

WIE DIESE MINIMALE ÜBERDREHUNG EINER SPIRALFEDER DAS SCHICKSAL VON J.C. ACQUEFACQUES BEEINFLUSSTE, ERZÄHLT DIESE GESCHICHTE.

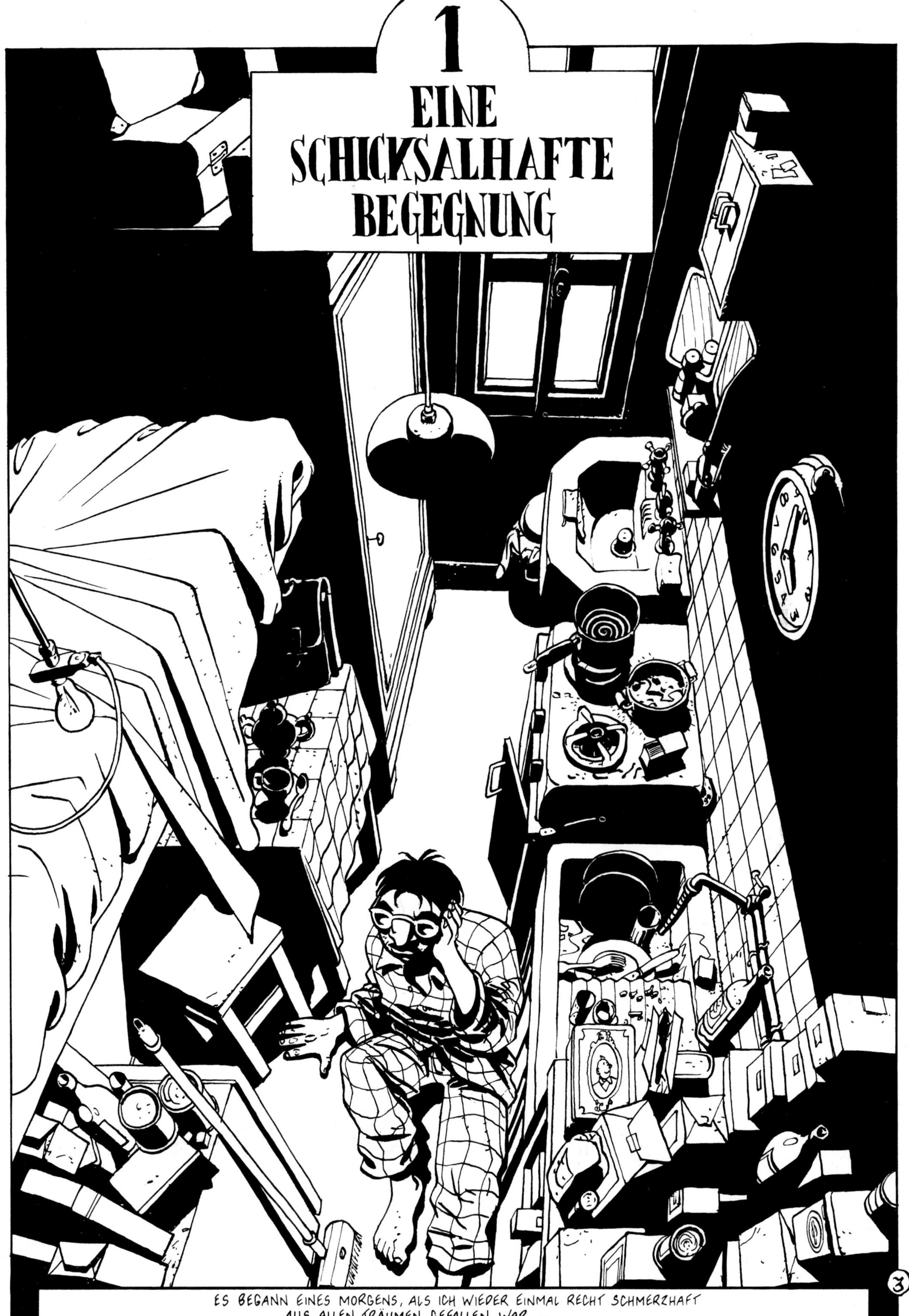
1
EINE SCHICKSALHAFTE BEGEGNUNG
ES BEGANN EINES MORGENS, ALS ICH WIEDER EINMAL RECHT SCHMERZHAFT
AUS ALLEN TRÄUMEN GEFALLEN WAR ...

MANCHE FALLEN VOR MÜDIGKEIT UM ... ICH, JULIUS CORENTIN ACQUEFACQUES, WACHE IM FALLEN AUF ...

SEIT EINIGER ZEIT LEBE ICH NICHT MEHR ALLEIN. DA SICH DIE KRISE AUF DEM WOHNUNGSMARKT IMMER MEHR VERSCHÄRFTE ...

... WAR ICH AUFGRUND DER NEUEN GESETZE GEZWUNGEN, AN EINEN KOLLEGEN AUS DEM MINISTERIUM UNTERZUVERMIETEN ...

... UND DAS FÜHRTE ZU MANCHER UNANNEHMLICHKEIT ...

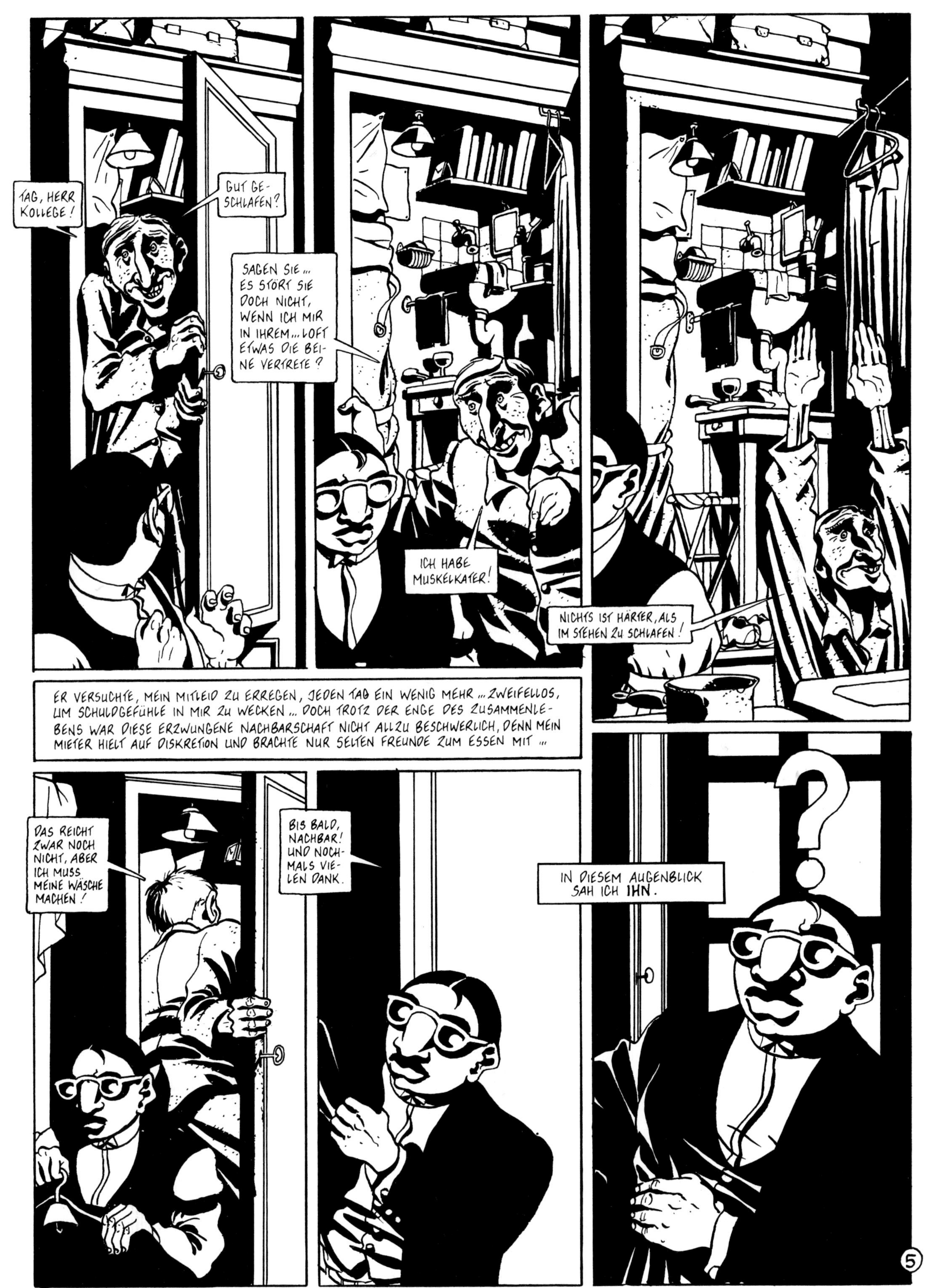
TAG, HERR KOLLEGE!
GUT GESCHLAFEN?
SAGEN SIE... ES STÖRT SIE DOCH NICHT, WENN ICH MIR IN IHREM... LOFT ETWAS DIE BEINE VERTRETE?
ICH HABE MUSKELKATER!
NICHTS IST HÄRTER, ALS IM STEHEN ZU SCHLAFEN!
ER VERSUCHTE, MEIN MITLEID ZU ERREGEN, JEDEN TAG EIN WENIG MEHR... ZWEIFELLOS, UM SCHULDGEFÜHLE IN MIR ZU WECKEN... DOCH TROTZ DER ENGE DES ZUSAMMENLEBENS WAR DIESE ERZWUNGENE NACHBARSCHAFT NICHT ALLZU BESCHWERLICH, DENN MEIN MIETER HIELT AUF DISKRETION UND BRACHTE NUR SELTEN FREUNDE ZUM ESSEN MIT...
DAS REICHT ZWAR NOCH NICHT, ABER ICH MUSS MEINE WÄSCHE MACHEN!
BIS BALD, NACHBAR! UND NOCHMALS VIELEN DANK.
?
IN DIESEM AUGENBLICK SAH ICH IHN.

!
WAS ... SIE ... ICH ... ?

S... SIE WOHNEN HIER ?
ABER DANN ...

... DANN HABE ICH MICH IM TRAUM GE-IRRT.
DIESE ALPTRÄUME!

VERZEIHEN SIE, ICH GEHE SCHON, ICH ...
BOM
MMPF
ABER ... ABER ...

DIE DECKE !?! SIE IST WIEDER DA!
ABER ... SIE SIND ICH!
JA ... ODER ICH BIN SIE ...
EINE FRAGE DES STANDPUNKTS.

TUT MIR LEID ...
ICH VER-STEHE DAS NICHT.
ES IST JA SCHON 3 UHR 14!
??
??

ABER ... WIE ICH SEHE, WOLLTEN SIE GERADE GEHEN ...
WO WOLLEN SIE HIN?

ICH MUSS ZUR FABRIK, UM ...
ZUR FABRIK!

ZUR FABRIK! ICH HÄTTE ES WISSEN MÜSSEN!
ES IST LOGISCH ... GANZ FURCHTBAR LOGISCH.
?

UND OB SIE ZUR FABRIK GEHEN ... WIR SIND DAZU VERDAMMT ...

GEHEN SIE NICHT HIN!

ES IST NUR ... ICH HABE EINEN TERMIN! UND ICH KANN NICHT ...
ICH WEISS! ABER GEHEN SIE NICHT! ICH KANN ES IHNEN NICHT ERKLÄREN, ES WÜRDE ZU LANGE DAUERN, UND SIE WÜRDEN MIR NICHT GLAUBEN ... DIESER WIRBEL IST EINFACH UNGEHEUERLICH!
TAXI!

MONSIEUR ACQUEFACQUES ?
FREI
ICH KOMME.
NEIN!

BESETZT
STEIGEN SIE AUF!
GEHEN SIE NICHT!
BESETZT
NEHMEN SIE DEN RENNHAKEN!
ZUR FABRIK!

SCHNELL!

DIESE ALPTRÄUME !

?
ABER HERR KOLLEGE! SPRECHEN SIE JETZT SCHON MIT SICH SELBST?

ÄH ... JA. DAS KOMMT BISWEILEN VOR, WENN ICH MIR ALLEIN BIN.

SAGEN SIE BITTE, WIE SPÄT IST ES ?
ES IST 2 UHR 50.
JA, ABER ... WARUM HABEN SIE SICH DENN DEN PYJAMA WIEDER ANGEZOGEN ?

2 UHR 50 ?

10
1
2
3
4
5
9
ABER SEINE UHR ZEIGT 3 UHR 16 AN !
SEINE UHR GEHT VOR !
"SEINE" UHR ?

ICH BEGINNE ZU VERSTEHEN ...
ICH NICHT.

WENN SEINE UHR VORGEHT ... DANN KOMMT ER ZU FRÜH IN DER FABRIK AN !
ICH VERSTEHE ALLES !

ICH MUSS IHN EINHOLEN, BEVOR ES ZU SPÄT IST !
EINHOLEN ? WEN ?
UND WOZU ?

IHN EINHOLEN, IHN...! ODER VIELMEHR MICH... ANDERNFALLS WERDEN WIR DEM WIRBEL NICHT ENTGEHEN !
TAXI !

ZUR FABRIK, SCHNELL !
DEM WIRBEL ... ?

WÄHREND DER FAHRT ZUR FABRIK GINGEN MIR ALLE MÖGLICHEN FRAGEN DURCH DEN KOPF. WER WAR DIESER UNGEBETENE GAST ? EIN DOPPELGÄNGER ? MEIN DOUBLE ? EINE DURCH ÜBERMÜDUNG HERVORGERUFENE VISION ? ODER WIRKLICH ICH SELBST ? UND DIESER WIRBEL ? WAS HATTE DAS ALLES ZU BEDEUTEN ? MIR WAR DAS ALLES UNERKLÄRLICH.

KOPF EIN-
ZIEHEN!
EIN TAXI, NOR-
BERT! MACH
DAS ANDERE
FENSTER AUF,
SCHNELL!
LOS!

19!

DIESE UMLEITUNGEN SIND WIRK-
LICH EINE FEHLPLANUNG!

DAS FAHREN WIRD IMMER MEHR
ZU EINEM HEROISCHEN WAGNIS!

AUCH
DAS NOCH!
GUT
FESTHALTEN!

IRGENDWANN
GIBT ES EIN
UNGLÜCK, SIE
WERDEN
SEHEN!

VERDAMMT! ... EIN STAU!
BESETZT

DA MUSS ES GEKRACHT HABEN!
WAS JETZT? ICH KOMME ZU SPÄT ZU MEINEM TERMIN!

ES GÄBE DA NOCH EINE MÖGLICHKEIT, ABER ... DIE IST RISKANT!
DAS RISIKO NEHME ICH AUF MICH! PÜNKTLICHKEIT GEHT MIR ÜBER ALLES!

NA GUT! ALSO DANN!
HALTEN SIE SICH GUT FEST!

WIR NEHMEN EINE ABKÜRZUNG!

VORSICHT BEIM AUFSETZEN!

DZOÏINNGG
GESCHAFFT... MAN MUSS NUR GUT ZIELEN, DAS IST ALLES!

WIR NEHMEN DIE ABKÜRZUNG DURCH DIE WERTPAPIERBÖRSE!

S·P·E·C·U·L·A·R·E

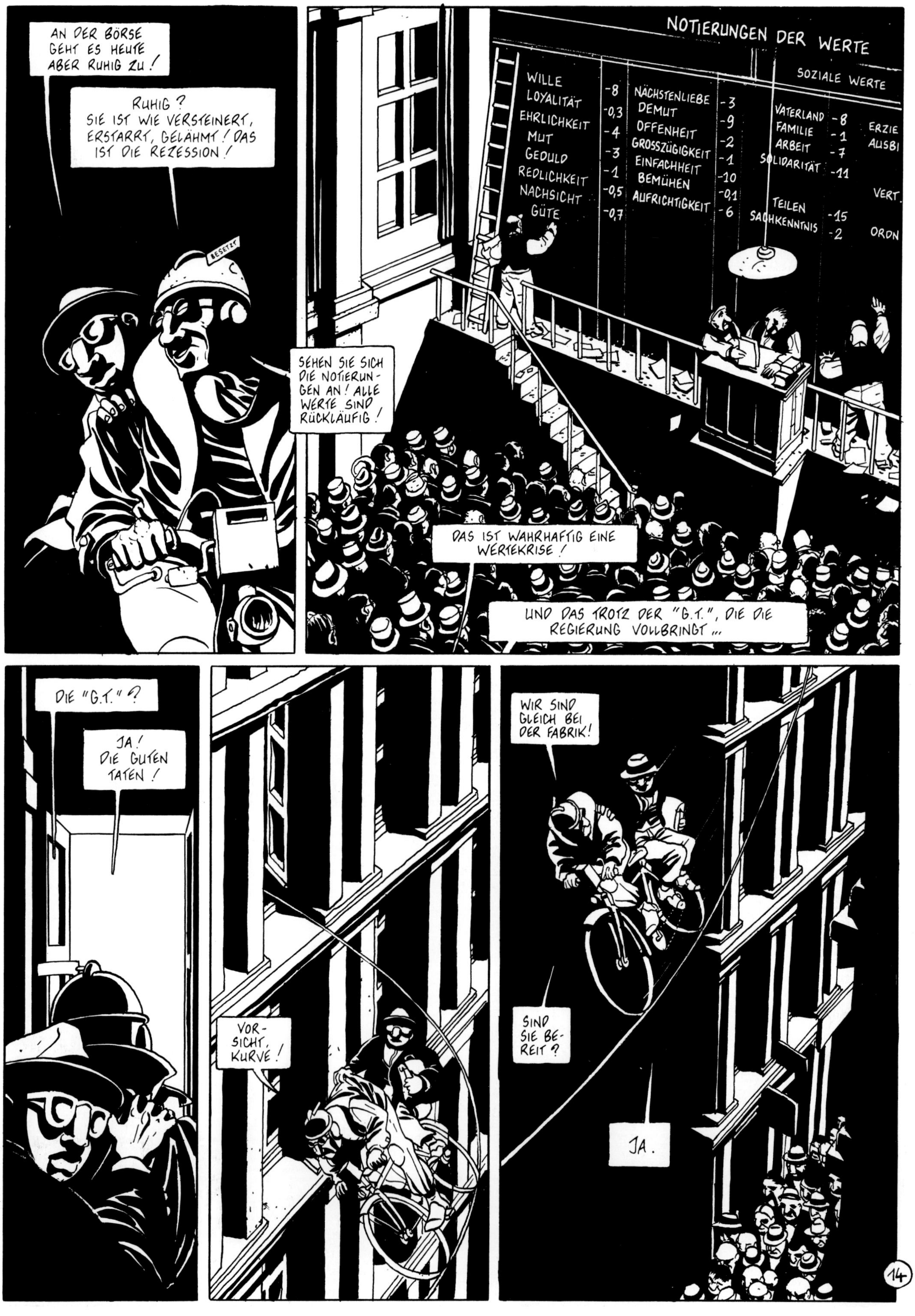

AN DER BÖRSE GEHT ES HEUTE ABER RUHIG ZU!

RUHIG? SIE IST WIE VERSTEINERT, ERSTARRT, GELÄHMT! DAS IST DIE REZESSION!

NOTIERUNGEN DER WERTE

SOZIALE WERTE

WILLE

LOYALITÄT -8

EHRLICHKEIT -0,3

MUT -4

GEDULD -3

REDLICHKEIT -1

NACHSICHT -0,5

GÜTE -0,7

NÄCHSTENLIEBE -3

DEMUT -9

OFFENHEIT -2

GROSSZÜGIGKEIT -1

EINFACHHEIT -10

BEMÜHEN -0,1

AUFRICHTIGKEIT -6

VATERLAND -8

FAMILIE -1

ARBEIT -7

SOLIDARITÄT -11

TEILEN -15

SACHKENNTNIS -2

ERZIE

AUSBI

VERT.

ORDN

SEHEN SIE SICH DIE NOTIERUNGEN AN! ALLE WERTE SIND RÜCKLÄUFIG!

DAS IST WAHRHAFTIG EINE WERTEKRISE!

UND DAS TROTZ DER "G.T.", DIE DIE REGIERUNG VOLLBRINGT...

GO!

EMPFANG
AH! EINE 2! SIE GEHEN VIER FELDER ZURÜCK!
ÄHEM...
MIST!
ENTSCHULDIGEN SIE BITTE ... ICH BIN ANGEMELDET UND ...
AH!
MIST! ICH GEHE ZU FELD 32 ZURÜCK!
EINEN AUGENBLICK...
AUFNAHME
ACH WAS, FELD 32 ... ICH RÜCKE AUF FELD 40 VOR!
AH JA, HIER ...
SAAL 26571... ABTEILUNG DR. KOFF ...
Aufnahme
3.10 NR. 41391 DECKENSYNDROM Abteilung Dr. Koff
3.30 NR. 41392 NACHUNTERSUCHUNG
26. UNTERGESCHOSS.
VATORDA-SAAL
EBENE 3
EINGANG
DIE FABRIK WAR SCHAUPLATZ FÜR DIE UMSETZUNG DES 42. FÜNFJAHRESPLANES, DER SICH DAS (EHRGEIZIGE) ZIEL GESETZT HATTE, DEN LETZTEN NOCH BESTEHENDEN LEBENSRAUM ZU KONTROLLIEREN: DEN TRAUM.

HAUPTAUFGABE DER FABRIK WAR ES, TRÄUME ZU PRODUZIEREN, UM STRESS UND FRUSTRATION ZU BEKÄMPFEN, DIE ALS URSACHE VIELER MISSSTÄNDE IN DER STADT GALTEN (FERNBLEIBEN VOM ARBEITSPLATZ, AGGRESSIVITÄT ...).

IM 9. UNTERGESCHOSS VERLIEF ICH MICH UND LANDETE ZUR ERHEITERUNG EINIGER FACHLEUTE IN DER ZENTRALE FÜR ELEKTROENZEPHALOGRAMME ...

ZUM GLÜCK ZEIGTE MIR EIN INGENIEUR EINE ABKÜRZUNG, UND SO GELANGTE ICH DURCH DEN GROSSEN SCHLAFSAAL WIEDER ZUM LIEFERANTENAUFGANG.

DIE EBENEN 18-26 WAREN DER ONEIROTHERAPIE VORBEHALTEN: DER HEILUNG MIT HILFE DES TRAUMS ...

MAN HATTE MICH DORT FÜR PUNKT 3 UHR 30 ZU EINER EINFACHEN NACHUNTERSUCHUNG HINBESTELLT.

ZUR SELBEN ZEIT, EIN PAAR ETAGEN TIEFER, BEI DR. KOFF ...
MEINE HERREN ...
DER PATIENT, DEN WIR GLEICH BEHANDELN WERDEN, LEIDET AN EINER NICHT ALLTÄGLICHEN KRANKHEIT: DER EPIZEPHALOPHOBIE!

... ANDERS AUSGEDRÜCKT: AM DECKENSYNDROM.
AUS DER AKTE GEHT HERVOR, DASS DER KRANKE DINGE JENSEITS DER ZIMMERDECKE SIEHT: HALLUZINATIONEN, WAHNVORSTELLUNGEN ... KURZ: DIE TYPISCHEN MANIFESTATIONEN EINES VOM UNTERBEWUSSTSEIN ALS GEISEL GENOMMENEN ICHS, DIE SICH IM WACHEN ZUSTAND ÄUSSERN.
NUR WIR WISSEN, DASS SICH DAS UNTERBEWUSSTSEIN AUSDRÜCKT DURCH ... DURCH ... NA, WODURCH? ... CRAWFORD?

ÄH ... DURCH DEN TRAUM?
DURCH DEN TRAUM! SEHR GUT, CRAWFORD! DER TRAUM SCHÜTZT VOR DEM WAHNSINN!

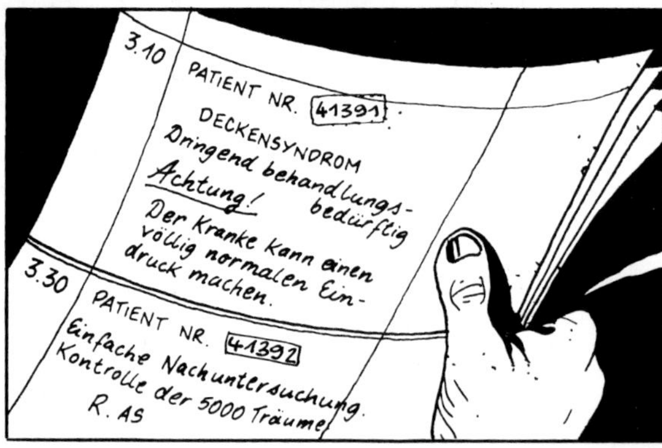
3.10 PATIENT NR. 41391
DECKENSYNDROM
Dringend behandlungsbedürftig
Achtung!
Der Kranke kann einen völlig normalen Eindruck machen.
3.30 PATIENT NR. 41392
Einfache Nachuntersuchung
Kontrolle der 5000 Träume
R. AS
AUCH IST KLAR, DASS UNSER PATIENT NICHT DAS TRÄUMT, WAS ER TRÄUMEN SOLLTE. WIR WERDEN HEUTE, DANK EINER NEUEN THERAPIE, DAS UNTERBEWUSSTSEIN DIESES KRANKEN BEFREIEN, INDEM WIR IHN ZWINGEN, DEN TRAUM ZU TRÄUMEN, DER SEIN UNTERBEWUSSTSEIN BEFREIEN WIRD ...

WIR WERDEN IHM DEN DECKENTRAUM "EINGEBEN" ...
VORSICHT! DER PATIENT IST MISSTRAUISCH, DA IST FINGERSPITZENGEFÜHL GEFRAGT. SIE DÜRFEN IHN NICHT ERSCHRECKEN, SONST KÖNNTE ER GEFÄHRLICH WERDEN!
TOCK TOCK TOCK

ES HAT GEKLOPFT.
3 UHR 10.
DAS IST ER! MACHEN SIE SICH BEREIT!

TOCK
TOCK
TOCK
HEREIN!

ER TRÄGT EINEN HUT. ICH AHNTE ES.

TRETEN SIE NÄHER ... NUR KEINE ANGST!
ES WIRD NICHT LANGE DAUERN.
ALLES WIRD GUT WERDEN ...

!
EIN OPERATIONS-TISCH?

HIER MUSS EIN IRRTUM VORLIEGEN! ICH BIN NICHT KRANK!
DIE RIEMEN!
TYPISCH! ER WEIGERT SICH, SEINE KRANKHEIT ZUZUGEBEN.

WAS WIRD HIER GESPIELT? DAS IST EIN IRRTUM! ICH WERDE MICH BESCHWEREN!
VERFOLGUNGSWAHN ... AGGRESSIVITÄT ... HMMM ... LAUTER TYPISCHE SYMPTOME.

DIE SPIRALE!

ACHTUNG!
ES GEHT LOS!
EIN ... EIN IRRTUM ...
SIE ... SIE IRREN!
ICH ...
20

3

DER DECKEN-ALPTRAUM

ES WAR 3 UHR 14, ALS ICH ERWACHTE, ODER ZUMINDEST GLAUBTE, ZU ERWACHEN, DENN ICH STARRTE PLÖTZLICH VOLLER ENTSETZEN ZUR DECKE: SIE WAR NICHT MEHR DA ...!
KEIN ZWEIFEL: MAN HATTE MIR IRRTÜMLICH EINEN TRAUM EINGEGEBEN, DER FÜR EINEN ANDEREN BESTIMMT WAR...! ICH VERSUCHTE MIT ALLER MACHT AUFZUWACHEN, ABER ES WAR ZWECKLOS! ICH WAR IM BANNE EINES TRAUMS, DEN ICH NICHT ZU KONTROLLIEREN VERMOCHTE.

AH!
DA IST JE-MAND, DER MICH SIEHT!
!

GUTEN TAG. KÖNNEN SIE MIR SAGEN, WIE ICH HIER ZUR AUSKUNFT KOMME?
ÄH ... ZUR ...

AH, ICH SEHE SCHON, SIE WISSEN AUCH NICHT MEHR ALS ICH ...
ZUR AUS ...

AUCH EGAL. AUF WIEDER-SEHEN!
¿

HE! WARTEN SIE!

!

ICH MACHTE DEN FEHLER, DEN SPAZIERGÄNGER EINHOLEN ZU WOLLEN. ER HÄNGTE MICH SCHNELL AB, DENN ER WAR GEÜBTER DARIN, AUF DEN WÄNDEN ZU LAUFEN ... BALD HATTE ICH IHN AUS DEN AUGEN VERLOREN, UND ALS ICH KEHRTMACHEN UND ZU MEINER WOHNUNG ZURÜCKGEHEN WOLLTE, WURDE MIR BEWUSST, DASS ICH MICH VERLAUFEN HATTE.

UNTERDESSEN, IN DER ABTEILUNG VON DR. KOFF ...
GESCHAFFT! ER TRÄUMT.
HOFFEN WIR, DASS DIE BEHANDLUNG ERFOLG HAT.

TOCK
TOCK
TOCK
? HEREIN!

!
!
!
!
!
!

26571
ZU SPÄT ... ICH KOMME ZU SPÄT!
ACH ... WÄRE BLOSS DIESER VERDAMMTE STAU NICHT GEWESEN ...
?
?
?
?
?
?

MEINE HERREN, SIE SIND IM BEGRIFF, EINEN VERHÄNGNISVOLLEN FEHLER ZU BEGEHEN! SIE GLAUBEN, EINEN KRANKEN ZU HEILEN, BEHANDELN ABER AN SEINER STELLE EINEN ANDEREN!
WELCH FRAPPIERENDE ÄHNLICHKEIT!

TOCK
TOCK
TOCK
?... HEREIN!

ENTSCHULDIGEN SIE DIE VERSPÄTUNG ...
ICH KOMME WEGEN DER OPERATION UM 3 UHR 10 ... ABER ICH GERIET IN EINEN STAU UND ...

SCHHHT! HÖREN SIE MAL! ... JA ...! SEHEN SIE, DORT OBEN!
!

BEGREIFEN SIE JETZT IHREN IRRTUM, DOKTOR? DER WIRKLICH KRANKE, DAS WAR ER ... DER TRAUM, DER DIESEN PATIENTEN HEILEN SOLLTE, DEN HABEN SIE MIR ... ÄH ... DEN HABEN SIE IHM HIER EINGEGEBEN ...

4 AUF DER SUCHE NACH DEM VERLORENEN TRAUM

DIE UNERMESSLICHKEIT DER FELDER UMSCHLOSS MEINE GANZE GESCHICHTE, GEORDNET WIE IN EINER SCHUBLADE MIT UNENDLICH VIELEN DOPPELTEN BÖDEN. WAR ALSO MEIN LEBEN NUR EIN DECKENLOSER TRAUM? ODER EINE BODENLOSE REALITÄT? KURZ... DIE DRINGLICHKEIT GEBOT, MICH FÜRS ERSTE AUF EINE EINZIGE ÜBERLEGUNG ZU KONZENTRIEREN: WAS TUN, UM MEINEN TRAUM WIEDERZUFINDEN?

DA OBEN IST JEMAND. ER LÄUFT ... OH ... ER HAT MICH GESEHEN!
!
SEINE UHR GEHT VOR!

STEIGEN SIE AUF!
FAHREN SIE NICHT HIN
ER BLEIBT STEHEN. ER SIEHT MICH AN.
?
ER HAT SEINE KRISE!
DA LÄUFT JEMAND?

SIE HABEN SICH VERLAUFEN, HE? ODER?
!
KOMMEN SIE HEREIN! NUR NE ANGST!
DIE RIEMEN! SCHNELL!

DAS IST GANZ NORMAL, WISSEN SIE ... HIER VERLÄUFT SICH JEDER ...
ICH FINDE DEN WIRBEL JA SELBST NICHT.
DEN WIRBEL?
DIE ZWANGSJACKE!

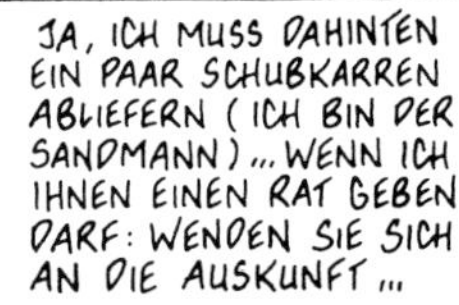
JA, ICH MUSS DAHINTEN EIN PAAR SCHUBKARREN ABLIEFERN (ICH BIN DER SANDMANN) ... WENN ICH IHNEN EINEN RAT GEBEN DARF: WENDEN SIE SICH AN DIE AUSKUNFT ...

DAS IST NICHT WEIT: SIE GEHEN IMMER GERADEAUS, DANN NEHMEN SIE DIE 63. WAND LINKS UND DANACH DIE 18. RECHTS. DA IST ES.
VIEL GLÜCK!

26 ... 27 ... 28 ...
WOHIN?
ICH MUSS ZUR FABRIK ...
ZUR FABRIK!
ABER SIE ... SIND ICH!

GUTEN TAG ... ÄH ... ICH ...
SIE HABEN IHREN TRAUM VERLASSEN, HABEN SICH VERLAUFEN UND WOLLEN NUN WISSEN, WIE SIE WIEDER ZURÜCKFINDEN ... ICH WEISS, ES IST IMMER DASSELBE ...

NA SCHÖN. UND WELCHER WAR IHR TRAUM ?
DER REALISMUS
KAPITEL XI
DER WIRKLICHKEITSBEGRIFF

NA JA, ICH ERWACHTE IN MEINEM BETT, UND DIE ... DIE ZIMMERDECKE WAR WEG ... UND DA ...
HA! HA! HA!
DER REA
KAP

ES WUNDERT MICH NICHT, DASS DA KEINE DECKE MEHR WAR! ES GIBT HIER NIRGENDWO EINE DECKE ...! HIER SIND DIE TRÄUME OHNE DECKE!

ERZÄHLEN SIE MIR NÄHERE EINZELHEITEN!
ICH WAR ZU HAUSE ... UND ... AH JA ... ES WAR 3 UHR 14 ...! DARAN ERINNERE ICH MICH GENAU.
AAAH! DER FAMOSE 3-UHR-14-TRAUM!
!

WARTEN SIE ... JA, HIER HAB ICH'S ... 3 UHR 14 ... SIE TRÄUMTEN IN ZONE M-1-SS-5 ... AH JA! DIE IST VERLEGT WORDEN ... WENDEN SIE SICH AN DEN KARTOGRAFISCHEN DIENST!

BITTE, TRETEN SIE EIN!
HIER, IHRE AKTE!

GEHEN SIE HINUNTER!
DER ARCHIVAR WIRD IHNEN WEITERHELFEN!

3R5V5L
R55V5S
M13-K1Y
4141
K16K1
BR5TON

K16K1

HMM... GUTEN TAG!

HE...? WA ... ACH, ENTSCHULDIGEN SIE ... ICH TRÄUME ZU VIEL ... KOMMEN SIE WEGEN EINER AUSKUNFT?

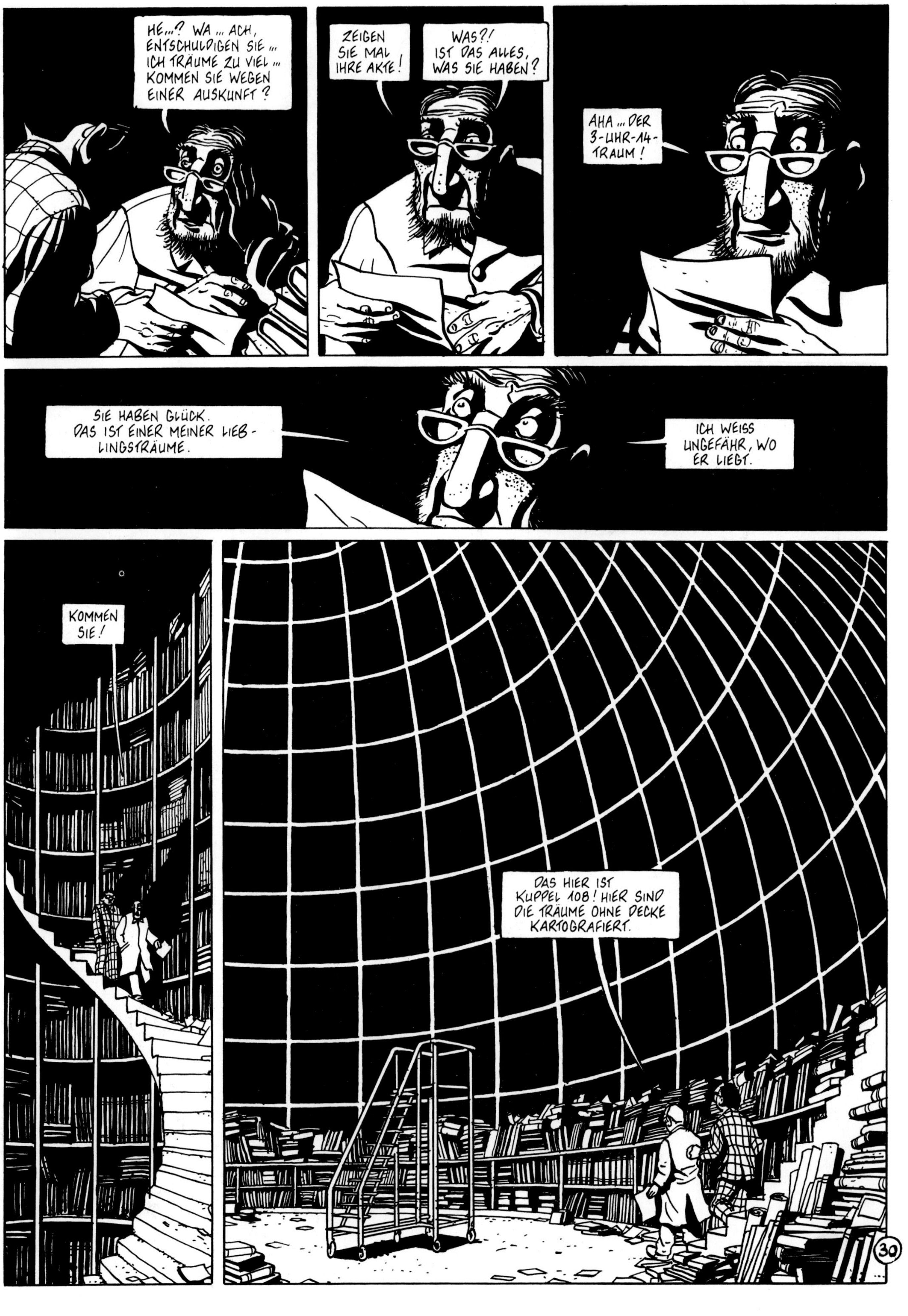

ZEIGEN SIE MAL IHRE AKTE!
WAS?! IST DAS ALLES, WAS SIE HABEN?

AHA ... DER 3-UHR-14-TRAUM!

SIE HABEN GLÜCK. DAS IST EINER MEINER LIEBLINGSTRÄUME.
ICH WEISS UNGEFÄHR, WO ER LIEGT.

KOMMEN SIE!

DAS HIER IST KUPPEL 108! HIER SIND DIE TRÄUME OHNE DECKE KARTOGRAFIERT.

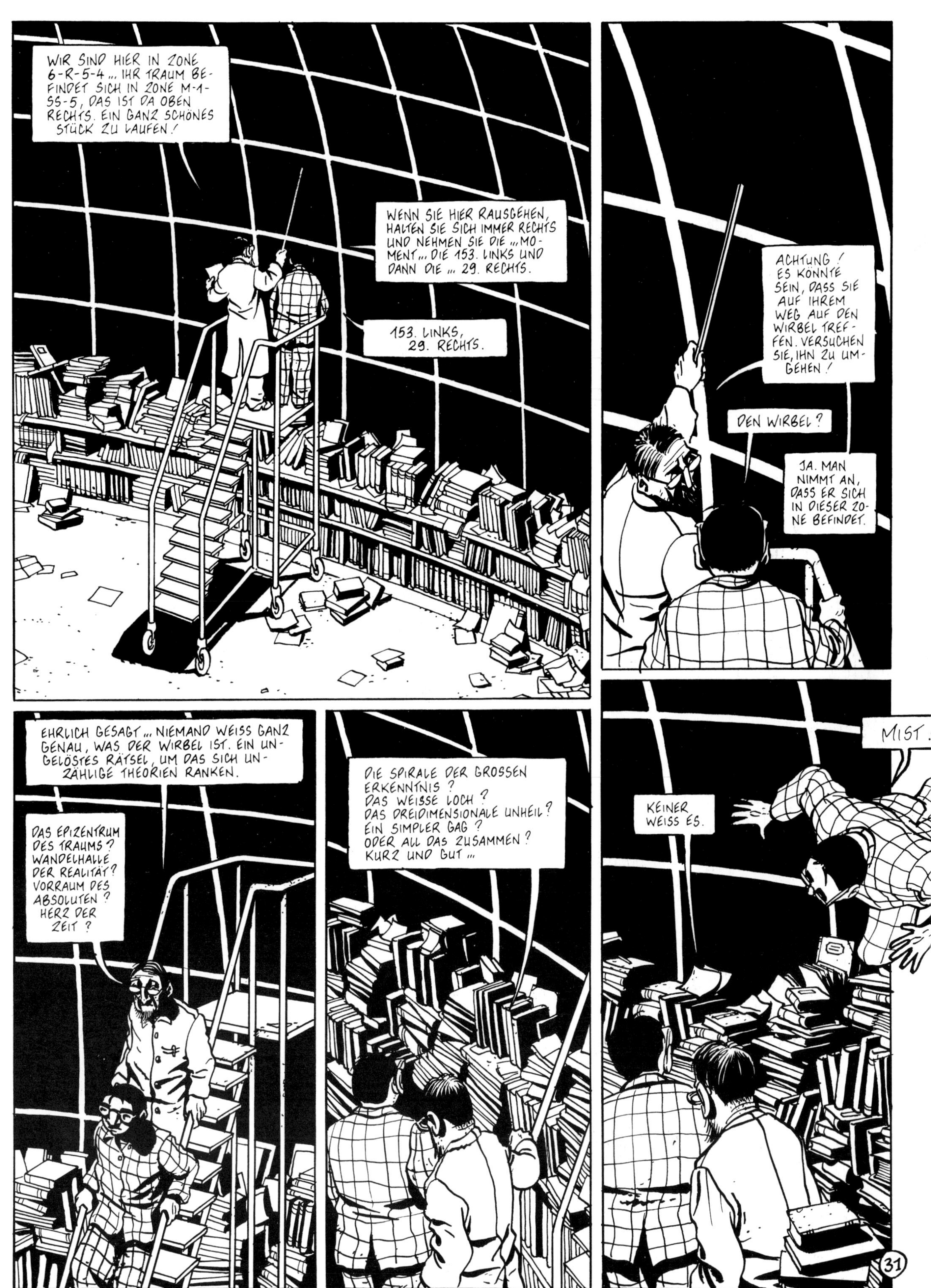
WIR SIND HIER IN ZONE 6-R-5-4 ... IHR TRAUM BEFINDET SICH IN ZONE M-1-SS-5, DAS IST DA OBEN RECHTS. EIN GANZ SCHÖNES STÜCK ZU LAUFEN!
WENN SIE HIER RAUSGEHEN, HALTEN SIE SICH IMMER RECHTS UND NEHMEN SIE DIE ... MOMENT ... DIE 153. LINKS UND DANN DIE ... 29. RECHTS.
153. LINKS, 29. RECHTS.
ACHTUNG! ES KÖNNTE SEIN, DASS SIE AUF IHREM WEG AUF DEN WIRBEL TREFFEN. VERSUCHEN SIE, IHN ZU UMGEHEN!
DEN WIRBEL?
JA. MAN NIMMT AN, DASS ER SICH IN DIESER ZONE BEFINDET.
EHRLICH GESAGT ... NIEMAND WEISS GANZ GENAU, WAS DER WIRBEL IST. EIN UNGELÖSTES RÄTSEL, UM DAS SICH UNZÄHLIGE THEORIEN RANKEN.
DAS EPIZENTRUM DES TRAUMS? WANDELHALLE DER REALITÄT? VORRAUM DES ABSOLUTEN? HERZ DER ZEIT?
DIE SPIRALE DER GROSSEN ERKENNTNIS? DAS WEISSE LOCH? DAS DREIDIMENSIONALE UNHEIL? EIN SIMPLER GAG? ODER ALL DAS ZUSAMMEN? KURZ UND GUT ...
KEINER WEISS ES.
MIST.

!

DER SCHON WIEDER!
?
VERZEIHUNG, ICH BIN GESTOLPERT UND ...

KÜMMERN SIE SICH NICHT UM MICH ... ICH BIN GLEICH VERSCHWUNDEN! GEHEN SIE OHNE MICH WEITER!
???
ALLES MUSS NEU GEORDNET WERDEN!

HABEN SIE KEINE AUGEN IM KOPF, MANN? PASSEN SIE DOCH AUF, WO SIE HINTRETEN!
ABER ... DAS WAR ICH GAR NICHT ... DER DA WAR ES ...
EINE FRECHHEIT!

NICHT MAL EINE VERNÜNFTIGE AUSREDE FÄLLT IHNEN EIN ... DIE UNAUFRICHTIGKEIT IST DER SCHLIMMSTE FEIND DES ICH. MERKEN SIE SICH DAS, JUNGER MANN!

GEHEN WIR WIEDER RAUF! SIE HABEN EINEN WEITEN WEG VOR SICH.

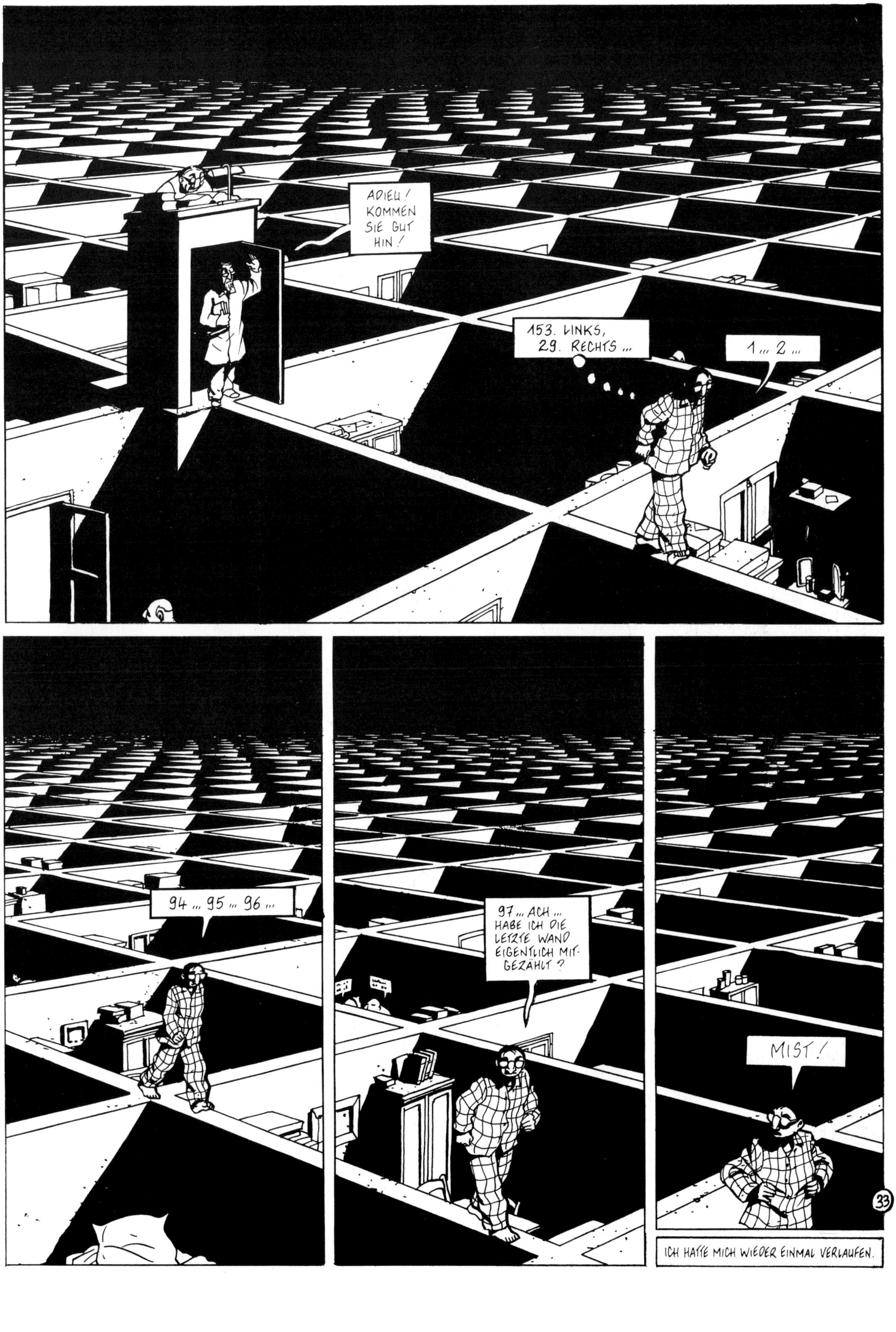

ADIEU! KOMMEN SIE GUT HIN!
153. LINKS, 29. RECHTS ...
1 ... 2 ...

ICH HATTE MICH WIEDER EINMAL VERLAUFEN.

ES BLIEB MIR NICHTS ANDERES ÜBRIG, ALS AUF EIGENE FAUST NACH MEINEM TRAUM ZU SUCHEN. VIELLEICHT HATTE ICH JA GLÜCK UND FAND ZUR AUSKUNFT ZURÜCK ...

MIT EINEM MALE SPÜRTE ICH, WIE ICH IN DEN SOG EINER MIR UNERKLÄRLICHEN ANZIEHUNGSKRAFT GERIET ...

... DIE MICH UNAUFHALTSAM IN IHRE MITTE HINABZOG.

DER WIRBEL!

5

INFRA-TRAUM ODER ULTRA-WIRKLICHKEIT

EINE IMMER STÄRKER AUF MICH EINWIRKENDE KRAFT ZOG MICH UNERBITTLICH INS ZENTRUM DES WIRBELS HINEIN ... ICH SPÜRTE, WIE SICH DIE SPIRALE ZUSAMMENZOG UND DANN WIEDER ENTSPANNTE, WOBEI SIE EINEN SOG ERZEUGTE, DER MEINEN ABSTIEG BESCHLEUNIGTE.

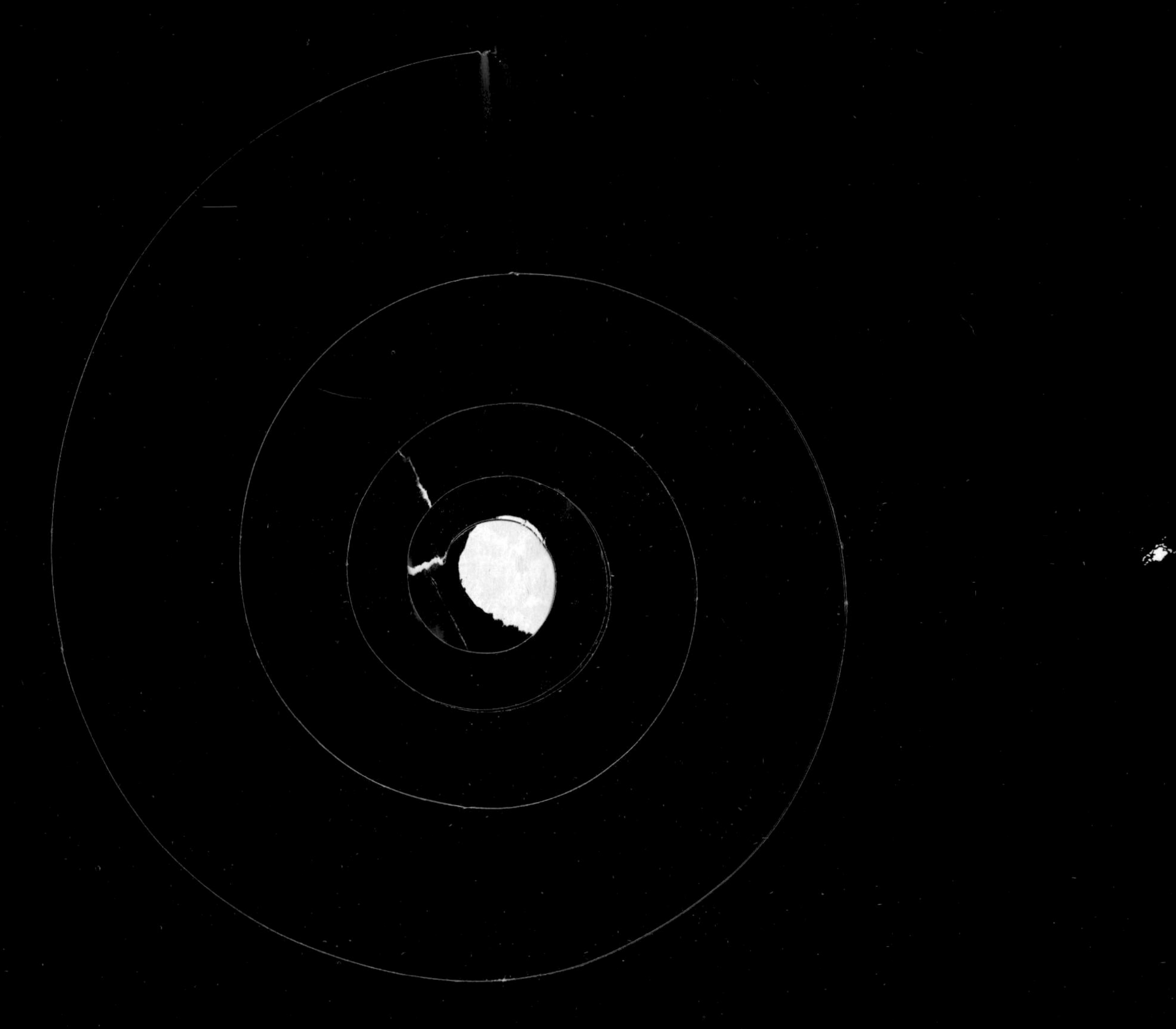

DER WIRBEL FÜHRTE ZU EINEM DREIDIMENSIONALEN RAUM, DER IN SEINER MITTE EINE SELTSAME SZENERIE BARG. SIE SCHIEN IN ERWARTUNG EINES UNWAHRSCHEINLICHEN DARSTELLERS ENTWORFEN WORDEN ZU SEIN.

BEIM ANBLICK DER STATUEN BEGRIFF ICH, DASS DAS HERZ DES WIRBELS FÜR MICH BESTIMMT WAR. ICH BEFAND MICH IM ZENTRUM EINES PLANS, DER MEINE VORSTELLUNGSKRAFT ÜBERSTIEG, VON DEM ICH ABER DUNKEL ERAHNTE, DASS ER MIT DEN MYSTERIÖSEN EREIGNISSEN ZU TUN HATTE. PLÖTZLICH SETZTEN SICH DIE FIGUREN IN BEWEGUNG. SIE KAMEN AUF MICH ZU, WOBEI SIE DEN SAND ZU EINER DÜNE AUFWIRBELTEN, DIE MICH ZUM UMKEHREN ZWANG.

ICH GEBE ZU, ICH GERIET ETWAS IN PANIK. ICH WOLLTE FLIEHEN UND FING AN ZU LAUFEN ...

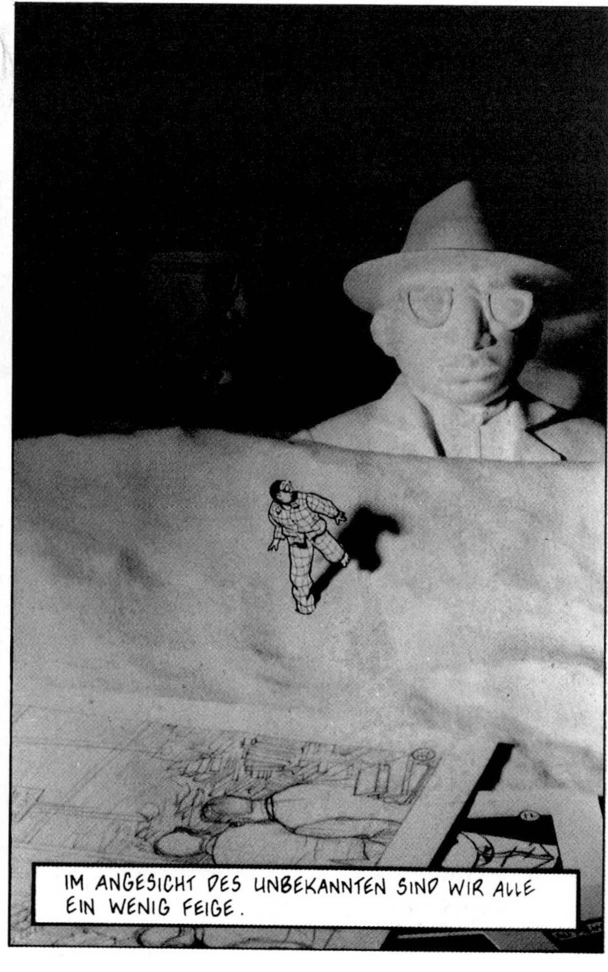
IM ANGESICHT DES UNBEKANNTEN SIND WIR ALLE EIN WENIG FEIGE.

KEINER WEISS ES.

MIST!
KEINER WEISS ES.

DER SCHON WIEDER!
?
VERZEIHUNG, ICH BIN GESTOLPERT UND ...
KÜMMERN SIE SICH NICHT UM MICH ... ICH BIN GLEICH VERSCHWUNDEN! GEHEN SIE OHNE MICH WEITER!
???
ALLES MUSS NEU GEORDNET WERDEN!
HABEN SIE KEINE AUGEN IM KOPF, MANN? PASSEN SIE DOCH AUF, WO SIE HINTRETEN!
ABER ... DAS WAR ICH GAR NICHT ... DER DA WAR ES ...
EINE FRECHHEIT!
NICHT MAL EINE VERNÜNFTIGE AUSREDE FÄLLT IHNEN EIN ... DIE UNAUFRICHTIGKEIT IST DER SCHLIMMSTE FEIND DES ICH. MERKEN SIE SICH DAS, JUNGER MANN!
GEHEN WIR WIEDER RAUF! SIE HABEN EINEN WEITEN WEG VOR SICH.

ICH WAR IN MEINE EIGENE VERGANGENHEIT ZURÜCKGEFALLEN. ZUM GLÜCK WAREN MIR DIE RISIKEN BEWUSST, DIE ZEITLICHE PARADOXA IN SICH BERGEN, UND EIN GESUNDER INSTINKT RIET MIR, NICHT LANGE ZU VERWEILEN.

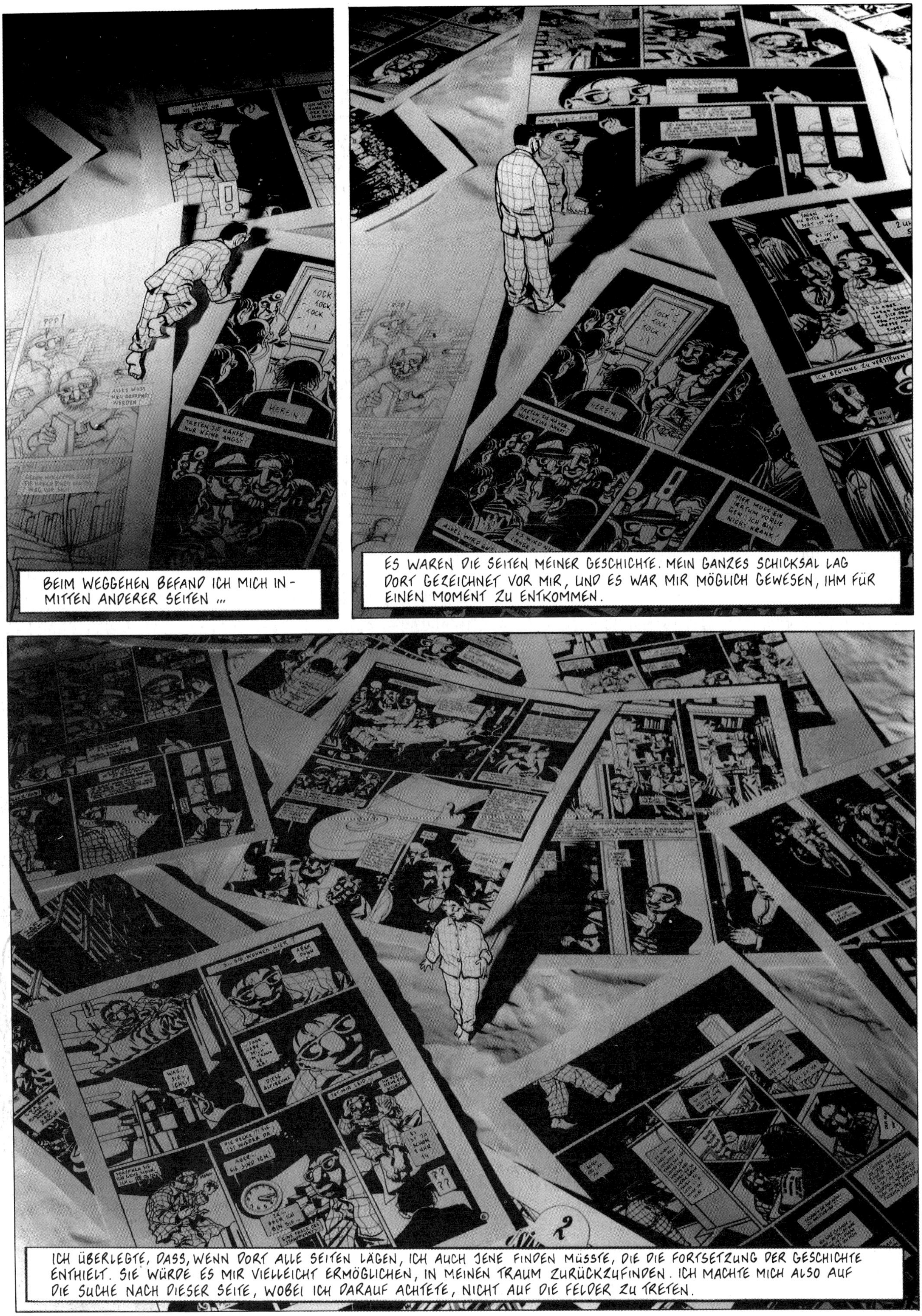

BEIM WEGGEHEN BEFAND ICH MICH INMITTEN ANDERER SEITEN ...

ES WAREN DIE SEITEN MEINER GESCHICHTE. MEIN GANZES SCHICKSAL LAG DORT GEZEICHNET VOR MIR, UND ES WAR MIR MÖGLICH GEWESEN, IHM FÜR EINEN MOMENT ZU ENTKOMMEN.

ICH ÜBERLEGTE, DASS, WENN DORT ALLE SEITEN LÄGEN, ICH AUCH JENE FINDEN MÜSSTE, DIE DIE FORTSETZUNG DER GESCHICHTE ENTHIELT. SIE WÜRDE ES MIR VIELLEICHT ERMÖGLICHEN, IN MEINEN TRAUM ZURÜCKZUFINDEN. ICH MACHTE MICH ALSO AUF DIE SUCHE NACH DIESER SEITE, WOBEI ICH DARAUF ACHTETE, NICHT AUF DIE FELDER ZU TRETEN.

OB NUN ZUFALL ODER VORBESTIMMUNG, BEIM UMGEHEN EINER SEITE STIESS ICH AUF EIN BILD, DAS MIR BEKANNT VORKAM.

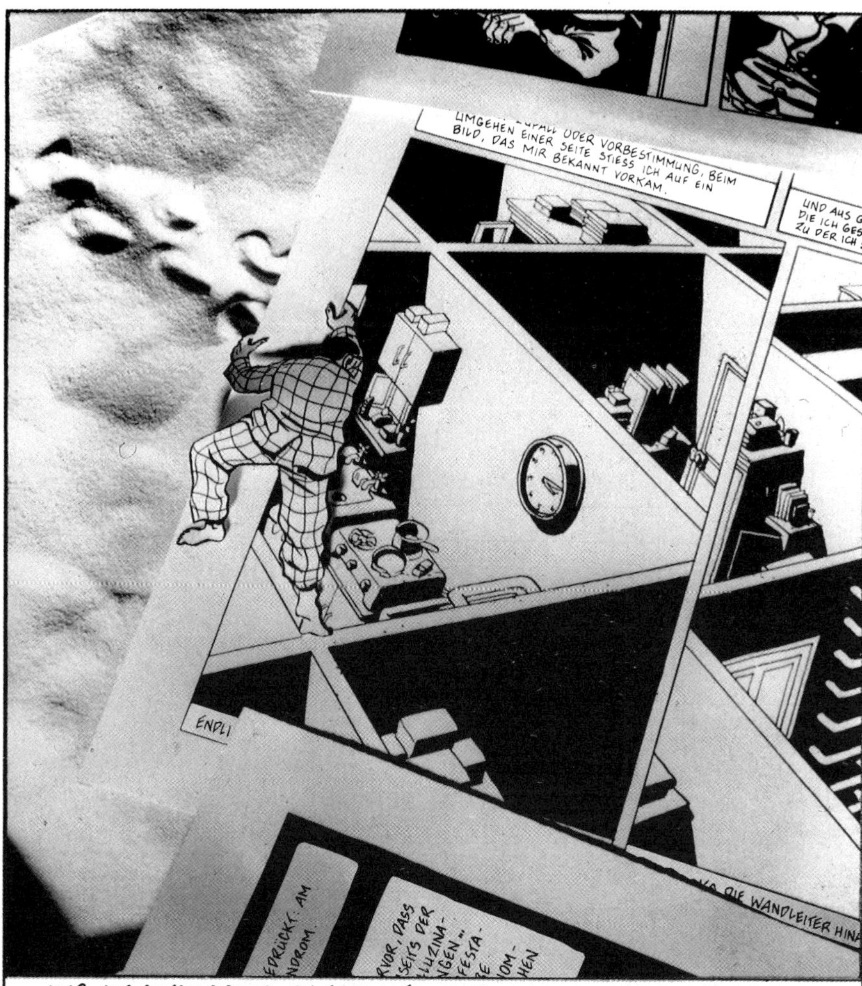

UND AUS GUTEM GRUND: ICH ERKANNTE MEINE WOHNUNG WIEDER. SIE WAR ES, DIE ICH GESUCHT HATTE, MIT DER UHR, DIE 3 UHR 14 ANZEIGTE: EXAKT DIE ZEIT, ZU DER ICH SIE VERLASSEN HATTE.

ENDLICH HATTE ICH MEINEN TRAUM WIEDERGEFUNDEN!

ICH STIEG DIE WANDLEITER HINAB ...

... UND LEGTE MICH WIEDER HIN ...

5
DER KREIS SCHLIESST SICH
MERKWÜRDIG: DAS BETT WAR NOCH WARM, SO, ALS HÄTTE ICH ES NUR FÜR EINEN KURZEN MOMENT VERLASSEN ...
PLÖTZLICH HÖRTE ICH UNTER DEM BETT EIN GERÄUSCH ...

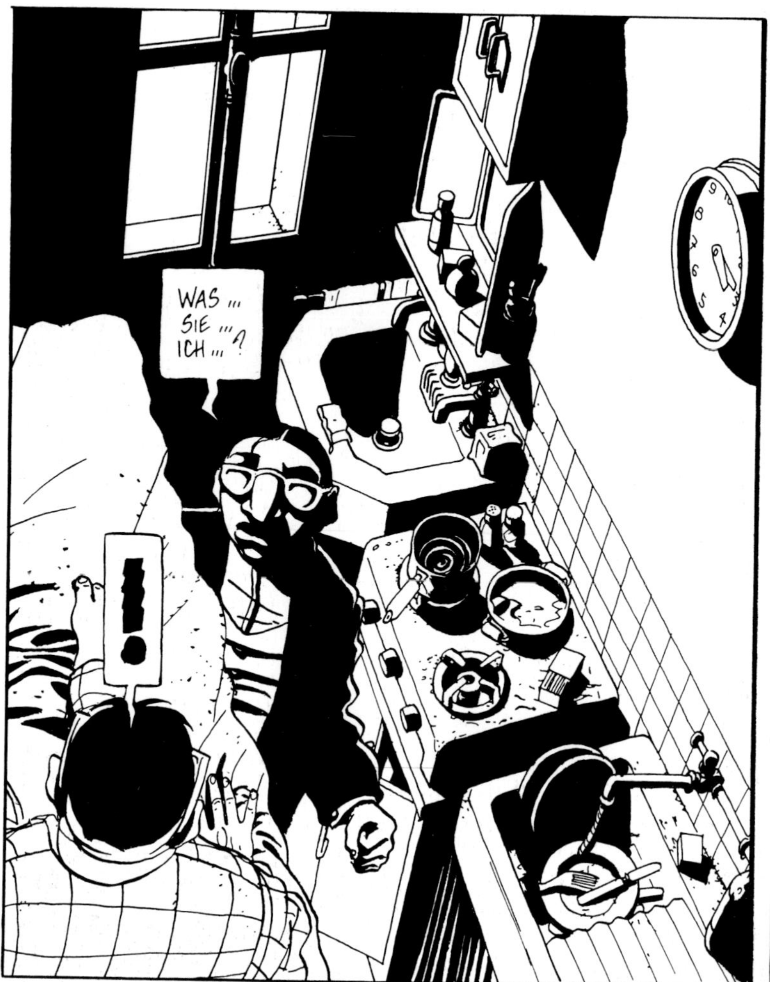

MEINE ERSTE REAKTION WAR, DIE WOHNUNG ZU VERLASSEN.

EIN VERDACHT KEIMTE IN MIR AUF, EIN VERDACHT, DER PLÖTZLICH ZUR GEWISSHEIT WURDE: JA, ICH HATTE DIESE SITUATION SCHON EINMAL ERLEBT, ALLERDINGS IN DER HAUT EINES ANDEREN!

WIR WAREN DAZU VERDAMMT, DIESELBE GESCHICHTE ZU DURCHLEBEN ... WÜRDE ICH DEN LAUF DIESER GESCHICHTE NICHT VERÄNDERN, WÜRDEN WIR ALLE IN EINEN FURCHTBAREN WIRBEL (DAS WORT GING MIR NICHT AUS DEM KOPF) GERATEN: BIS IN ALLE EWIGKEIT DAS IMMER GLEICHE SZENARIO ZU DURCHLEBEN ...

MONSIEUR ACQUEFACQUES ?
FREI
ICH KOMME.
NEIN!

BESETZT
STEIGEN SIE AUF!
GEHEN SIE NICHT!
BESETZT
NEHMEN SIE DEN RENNHAKEN!
ZUR FABRIK!

SCHNELL!

DIESE ALPTRÄUME!

?
ABER HERR KOLLEGE! SPRECHEN SIE JETZT SCHON MIT SICH SELBST?

ÄH ... JA. DAS KOMMT BISWEILEN VOR, WENN ICH MIT MIR ALLEIN BIN.

SAGEN SIE BITTE, WIE SPÄT IST ES?
ES IST 2 UHR 50.
JA, ABER ... WARUM HABEN SIE SICH DENN DEN PYJAMA WIEDER ANGEZOGEN?

2 UHR 50?

SEINE UHR GEHT VOR!
"SEINE" UHR?
ICH BEGINNE ZU VERSTEHEN ...
ICH NICHT.

WENN SEINE UHR VORGEHT ... DANN KOMMT ER ZU FRÜH IN DER FABRIK AN!
ICH VERSTEHE ALLES!

ICH MUSS IHN EINHOLEN, BEVOR ES ZU SPÄT IST!
EINHOLEN? WEN?
UND WOZU?

ZUR FABRIK, SCHNELL!
DEM WIRBEL ..?

IHN EINHOLEN ... IHN ...! ODER VIELMEHR MICH ... ANDERNFALLS WERDEN WIR DEM WIRBEL NICHT ENTGEHEN!
TAXI!